poetas portugueses de hoje e de ontem

adaptação:
Christine Röhrig

martins fontes
selo martins

© 2011 Martins Editora Livraria Ltda., São Paulo, para a presente edição.
© 2007 Edições Chimpanzé Intelectual Ltda.
Esta obra foi originalmente publicada em português de Portugal sob o título
Poetas de hoje e de ontem: do século XIII ao XXI para os mais novos
por Maria de Lourdes Varanda e Maria Manuela Santos.

Publisher	*Evandro Mendonça Martins Fontes*
Coordenação editorial	*Vanessa Faleck*
Produção editorial	*Danielle Benfica*
Preparação	*Denise Roberti Camargo*
Revisão	*Paula Passarelli*
	Alessandra Maria Rodrigues da Silva

Dados Internacionais de Catalogação na Publicação (CIP)
(Câmara Brasileira do Livro, SP, Brasil)

Poetas portugueses de hoje e de ontem / seleção de Maria de Lourdes Varanda & Maria Manuela Santos ; ilustrações Filipa Canhestro. – São Paulo : Martins Fontes – selo Martins, 2011.

Vários autores.
ISBN 978-85-8063-029-9

1. Poesia - Literatura infantojuvenil
I. Varanda, Maria de Lourdes. II. Santos, Maria Manuela. III. Canhestro, Filipa.

11-08868   CDD-028.5

Índices para catálogo sistemático:
1. Poesia : Literatura infantojuvenil   028.5
2. Poesia : Literatura juvenil   028.5

Todos os direitos desta edição reservados à
Martins Editora Livraria Ltda.
Av. Dr. Arnaldo, 2076
01255-000 São Paulo SP Brasil
Tel.: (11) 3116 0000
info@martinseditora.com.br
www.martinsmartinsfontes.com.br

poetas portugueses de hoje e de ontem

do século XIII ao XXI
para os mais novos

seleção de:
Maria de Lourdes Varanda
& Maria Manuela Santos

ilustrações de:
Filipa Canhestro

Observação: alguns poemas trazem, em rodapé, o significado das palavras menos usadas no Brasil.

séculos
XX - XXI

Alice Gomes
13 • Pinguim
15 • Zumbido

Almada Negreiros
17 • Luís, o Poeta, Salva a Nado o Poema

Álvaro Magalhães
21 • Mistérios da Escrita
22 • O Mesmo Rapaz de Sempre

António Botto
25 • Cinco Réis de Gente
26 • Cantiga de Embalar

António Gedeão
29 • Impressão Digital
31 • Poema do Coração

António José Forte
33 • O Ilusionista
34 • O Rapaz do Trapézio Voador

António Torrado
36 • Lindo Monstro
37 • Dona Vanda

Eugénio de Andrade
39 • O Inverno
40 • Frutos

Fernanda de Castro
42 • O Meu Primeiro Exame de Menina

Fernando Pessoa
45 • O Mostrengo
46 • No Comboio Descendente
48 • Poema
48 • Poema

José Carlos Ary dos Santos
50 • Aprender a Estudar
51 • in Tempo da Lenda das Amendoeiras

José Jorge Letria
53 • Os Ferrinhos
54 • Os Livros

Luísa Ducla Soares
56 • Abecedário Maluco de Nomes
57 • O Castelo de Areia

Manuel Freire
59 • Eles

Maria Alberta Menéres
61 • O Prato da Menina
62 • Girassol

Mariana Aguilar
64 • Perfume da Infância
65 • Viagem de Ida e Volta

Matilde Rosa Araújo
67 • Mise
68 • Loas à Chuva e ao Vento
69 • O Chapéuzinho
70 • Cavalinho, Cavalinho

Miguel Torga
72 • Segredo
73 • Brinquedo

índice

Sebastião da Gama
75 • Conto em Verso da Princesa Roubada
76 • O Guarda-chuva

XIX - XX

Afonso Lopes Vieira
81 • Canção da Rola Linda
82 • Os burros

António Correia de Oliveira
84 • Ó Pátria, és Minha Mãe

Augusto Gil
86 • Balada da Neve
88 • O Natal

Guerra Junqueiro
91 • Morena

XIX

Almeida Garrett
93 • Barca Bela
95 • Bela Infanta

João de Deus
98 • Beijo
99 • Dia de Anos

XVIII - XIX

Bocage
101 • A Raposa e as Uvas
102 • Epigrama
103 • A Cigarra e a Formiga

Marquesa de Alorna
105 • Cantigas
107 • O Leão e a Raposa

Nicolau Tolentino
109 • À Moda dos Chapéus Maiores de Marca
110 • O Colchão Dentro do Toucado

XVII

D. Francisco Manuel de Melo
115 • Carta V

XVI - XVII

Francisco Rodrigues Lobo
117 • Adeus a Coimbra
119 • Écloga I

XVI

Luís de Camões
121 • Cantiga
122 • Cantiga
124 • Soneto
125 • Cantiga

XV - XVI

Gil Vicente
127 • Auto de Mofina Mendes

XIII - XIV

D. Dinis
131 • Cantiga de Amigo

prefácio

Maria de Lourdes Varanda e Maria Manuela Santos, em fraterna colaboração, publicam poemas da sua escolha, que destinam aos jovens de oito a dezesseis anos. Professoras, ambas trazem, nesta seleção, a vivência pedagógica que não ignorou a força da Poesia – a dos textos e a Poesia que integra o verdadeiro ato de ensinar.

Dos oito aos dezesseis anos, que longo caminho! Apenas oito anos…
Estrada de inquietação e sonho, descoberta da realidade do próprio mundo.

Como seus leitores, Maria de Lourdes Varanda e Maria Manuela Santos são, também, fascinadas andarilhas.

Matilde Rosa Araújo

Nota

A presente obra, destinada a leitores pequenos e jovens de oito a dezesseis anos, merece algumas explicações relativas aos objetivos e à metodologia que utilizamos.

Como professoras com experiência de mais de trinta anos de ensino, sabemos que a poesia e, particularmente, as rimas são muito do agrado das crianças porque vão ao encontro de seus interesses lúdicos. Partindo desse pressuposto, pareceu-nos interessante ajudar a criar hábitos de leitura e desenvolver o gosto pela poesia e pelos poetas portugueses, levando ao conhecimento dos mais novos a evolução (nesse caso, e para sermos rigorosas, a involução) da poesia, em sua forma e conteúdo.

Quanto à metodologia utilizada, pareceu-nos mais fácil e atraente para os jovens leitores partir do atual para o antigo, do próximo para o distante, ou seja, de uma linguagem e realidade que são as suas para outras mais longínquas, mas cujo conhecimento é fundamental para a boa compreensão do Presente.

E, assim, pensamos ter justificado não somente o nome da obra, *Poetas de Hoje e de Ontem*, como também a orientação dada a ela: iniciar com poetas dos séculos XX-XXI e ir voltando no tempo até os séculos XIII-XIV, finalizando com um poema lindíssimo do rei português D. Dinis. Devemos ainda esclarecer que o enquadramento dos poetas nos séculos não se deu especificamente pela sua data de nascimento, mas sim pelo período em que cada um produziu sua obra. Assim, há casos de poetas que nasceram no fim de determinado século, mas que são apresentados como parte do seguinte, pois foi essencialmente nesse período que efetivaram sua atividade criativa. Optamos, ainda, por enquadrar num único bloco os poetas que apenas escreveram no século XX e os que continuam escrevendo no século XXI (apesar de termos especificado tal fato na explicação do canto superior direito das páginas), pelo simples fato de o atual século contar ainda no momento com menos de uma década de existência*, o que, a nosso ver, não justifica uma separação dentro desse grupo.

Para concluir, convém esclarecer que outro dos nossos objetivos é, sem dúvida, mostrar aos mais novos que os poetas também os amam, e por isso escrevem para eles. Para tanto é preciso agradecer aos poetas, e a melhor forma de fazê-lo é conhecendo e lendo suas obras.

Maria de Lourdes Varanda
Maria Manuela Santos

---

* A edição portuguesa, da qual originou a versão brasileira, teve sua 3ª edição lançada em 2008. (N. E.)

A todos os poetas e amigos que nos incentivaram.

poetas

Alice Gomes
Almada Negreiros
Álvaro Magalhães
António Botto
António Gedeão
António José Forte
António Torrado
Eugénio de Andrade
Fernanda de Castro
Fernando Pessoa
José Carlos Ary dos Santos
José Jorge Letria
Luísa Ducla Soares
Manuel Freire
Maria Alberta Menéres
Mariana Aguilar
Matilde Rosa Araújo
Miguel Torga
Sebastião da Gama

séculos XX - XXI

12.

século XX

Alice Gomes

Nasceu em 1910, em Tabuaço, e faleceu em 1983. Foi professora do Ensino Básico e teve intensa atividade pedagógica. Traduziu o *Pequeno Príncipe* de Saint-Exupéry para o português e deixou várias obras para crianças, entre elas: *Teatro para Crianças, Alexandre e os Lobos* e *Poesia para a Infância*.

Pinguim

Pin...guim!
Pin...guim!
vai devagar
marca o compasso

Pin...guim!
Pata aqui
Pata ali
acerta o passo

veste sempre de cerimónia
camisa branca
casaca preta
sem uma prega
no colarinho

Pinguim!
Pinguim!
Parece um homenzinho...

14.

Alice Gomes
século XX

Zumbido

A menina andava no jardim
a dançar com o jasmim.

O menino andava no pomar
as cerejas a provar.

Um zângão surgiu
a menina fugiu.

O menino mexeu na colmeia.
Que coisa tão feia!...

O enxame irritou.
O zângão
zangado
atacou
e uma abelha picou.

A mão do menino inchou
mas ele não chorou.

16.

século XX

Almada Negreiros

José Sobral de Almada Negreiros nasceu na ilha de São Tomé, em 1893, e faleceu em Lisboa, em 1970. Estudou em Lisboa, Coimbra e Paris, onde se dedicou à pintura de afrescos para decorar edifícios públicos. É considerado um dos maiores pintores portugueses do século XX e uma das figuras mais importantes do movimento Primeiro Modernismo, em que ficou célebre o seu panfleto literário *Manifesto Anti-Dantas*.

Do conjunto da sua obra, publicada em 6 volumes sob o título *Obras Completas*, fazem parte vários gêneros literários, dos quais se destaca a poesia.

Luís, o Poeta, Salva a Nado o Poema

Era uma vez
um português
de Portugal.
O nome Luís
há-de bastar
toda a nação
ouviu falar.
Estala a guerra
e Portugal
chama Luís
para embarcar.
Na guerra andou
a guerrear
e perde um olho
por Portugal.
Livre da morte
pôs-se a contar
o que sabia
de Portugal.
Dias e dias
grande pensar
juntou Luís
a recordar.
Ficou um livro
ao terminar
muito importante
para estudar.
Ia num barco
ia no mar
e a tormenta
vá d'estalar.
Mais do que a vida
há-de guardar
o barco a pique
Luís a nadar.
Fora da água
um braço no ar
na mão o livro
há-de salvar.
Nada que nada
sempre a nadar
livro perdido
no alto mar.
– Mar ignorante
que queres roubar?
A minha vida
ou este cantar?
A vida é minha
ta posso dar
mas este livro
há-de ficar.

Almada Negreiros
século XX

Estas palavras
hão-de durar
por minha vida
quero jurar.
Tira-me as forças
podes matar
a minha alma
sabe voar.
Sou português
de Portugal
depois de morto
não vou mudar.
Sou português
de Portugal
acaba a vida
e sigo igual.
Meu corpo é Terra
de Portugal
e morto é ilha
no alto mar.
Há portugueses
a navegar
por sobre as ondas
me hão-de achar.
A vida morta
aqui a boiar
mas não o livro
se há-de molhar.
Estas palavras
vão alegrar
a minha gente
de um só pensar.
À nossa terra
irão parar
lá toda a gente
há-de gostar.
Só uma coisa
vão olvidar:
O seu autor
aqui a nadar.
É fado nosso
é nacional
não há portugueses
há Portugal.
Saudades tenho
mil e sem par
saudade é vida
sem se lograr.
A minha vida
vai acabar
mas estes versos
hão-de gravar.
O livro é este
é este o cantar
assim se pensa
em Portugal.
Depois de pronto
faltava dar
a minha vida
para o salvar.

século XX-XXI

Álvaro Magalhães

Nasceu no Porto, em 1951. É conhecido como autor de poesia, contos, novelas e textos dramáticos. A sua obra assume, porém, maior relevância na área da literatura infantojuvenil. Recebeu vários prêmios da Associação Portuguesa de Escritores e do Ministério da Cultura. Tem várias obras publicadas, entre as quais podemos citar: *Maldita Matemática!*, *O Limpa-Palavras e Outros Poemas* e *O Reino Perdido*.

mistérios da Escrita

Escrevi a palavra flor.
Um girassol nasceu
no deserto de papel.
Era um girassol
como é um girassol.
Endireitou o caule,
sacudiu as pétalas
e perfumou o ar.
Voltou a cabeça
à procura do Sol
e deixou cair dois grãos de pólen
sobre a mesa.
Depois cresceu até ficar
com a ponta de uma pétala
fora da Natureza.

Álvaro Magalhães
século XX-XXI

O mesmo Rapaz de Sempre

Quando o rapaz viu a maçã
que reluzia ao sol,
lambeu o lábio superior três vezes.
Como um gato.

Agora só faltava roubá-la,
que a maçã tinha dono.
O sr. Horta conhecia cada maçã do seu pomar.
Contava-as todas as noites,
antes de se ir deitar.
Tinha tanto medo de ser roubado
por um rapaz mais esperto
que dormia acordado:
um olho fechado, o outro aberto.

Era um homem prevenido o sr. Horta,
mas era apenas um homem.
E o rapaz era mais do que um rapaz:
pousou as mãos na terra sem hesitar
e caminhou de gatas,
corpo tenso e arqueado,
como um tigre, ou um jaguar.

Caladinho como um rato,
esperou com paciência a sua vez
e só então chegou ao cimo do muro
com um salto de gamo.
Depois pulou de pedra em pedra
como uma cabra montês.

Já dentro do pomar colou-se ao chão
e, de repente, esqueceu braços e pernas
para rastejar na relva.
Como um caimão, ou uma serpente.

De ramo em ramo,
como um macaco,
trepou até ao cimo da macieira,
onde comeu a maçã sem a limpar
e cuspiu as pevides para longe.

Quando o sr. Horta deu um tiro para o ar,
deixou-se cair e correu para a rua
com o rabo entre as pernas.
Como um coiote, ou um chacal.

No fim de tudo era um rapaz,
o mesmo rapaz de sempre:
um magnífico animal.

24.

século XX

António Botto

Nasceu em Abrantes, em 1897, e faleceu no Brasil, em 1959. Escreveu contos para crianças e adultos. Na poesia, podemos referir as obras: *Canções*, a sua obra mais conhecida, *Ciúme*, *Baionetas da Morte* e *Livro do Ovo*. Também escreveu peças de teatro, gênero em que podemos destacar a obra *Alfama*.

Cinco Réis de Gente

Cinco réis de gente
Vai sempre na frente
Dos outros que vão
Cedo para a escola;
Corpinho delgado,
Olhar mariola,
– Belos os cabelos,
Quantos caracóis!
Mas as mangas rotas
Nos dois cotovelos
São de andar no chão
Atrás dos novelos!
Nos olhos dois sóis
Que alumiam tudo!
A mãe, tecedeira,
Perdeu o marido,
Mas vive encantada
Para o seu miúdo.

Vocabulário: mariola: tratante, sem-vergonha

António Botto
século XX

Cantiga de Embalar

Faz ó-ó meu pequenino
– Anda lá fora um rumor…
Voz do mar ou voz do vento?!
Faz ó-ó…
– Seja quem for!

Vejo as estrelas brilhando
Através desta vidraça.
Sinto-me triste, mais só…
E a minha voz vai cantando
– Ó-ó… ó-ó

António Gedeão

Pseudônimo do professor, historiador e divulgador científico Rómulo de Carvalho, poeta, dramaturgo, escritor e ensaísta. Um e outro são o mesmo homem, mas suas idades são diferentes, uma vez que Rómulo de Carvalho nasceu em 1906, na freguesia da Sé, em Lisboa, e António Gedeão só viria ao mundo cinquenta anos depois.

Aos cinco anos, escreveu os primeiros poemas. Formou-se em físico-química na Faculdade de Ciências do Porto, em Ciências Pedagógicas na Faculdade de Letras de Lisboa, e foi professor no Liceu Camões e Pedro Nunes, em Lisboa, e no Liceu D. João III, em Coimbra. Publicou seu primeiro livro de poesia somente em 1956, *Movimento Perpétuo*. Rómulo de Carvalho recebeu várias distinções, dentre as quais, em 1922, a Escola Secundária da Cova da Piedade foi batizada com seu nome, e ganhou várias medalhas de honra ao mérito do presidente da República. Faleceu no dia 19 de fevereiro de 1997, treze anos depois do desaparecimento de António Gedeão.

Impressão Digital

Os meus olhos são uns olhos.
E é com esses olhos uns
que eu vejo no mundo escolhos,
onde outros, com outros olhos,
não vêem escolhos nenhuns.

Quem diz escolhos, diz flores.
De tudo o mesmo se diz.
Onde uns vêem luto e dores
uns outros descobrem cores
do mais formoso matiz.

Nas ruas ou nas estradas
onde passa tanta gente,
uns vêem pedras pisadas,
mas outros, gnomos e fadas
num halo resplandecente.

Inútil seguir vizinhos,
querer ser depois ou ser antes.
Cada um é seus caminhos.
Onde Sancho vê moinhos
D. Quixote vê gigantes.

Vê moinhos? São moinhos.
Vê gigantes? São gigantes.

Vocabulário: escolhos: riscos, perigos

Poema do Coração

Eu queria que o Amor estivesse realmente no coração,
e também a Bondade,
e a Sinceridade,
e tudo, e tudo o mais, tudo estivesse realmente no coração.
Então poderia dizer-vos:
«Meus amados irmãos,
falo-vos do coração»,
ou então:
«com o coração nas mãos».

Mas o meu coração é como o dos compêndios.
Tem duas válvulas (a tricúspide e a mitral)
e os seus compartimentos (duas aurículas e dois ventrículos).
O sangue ao circular contrai-os e distende-os
segundo a obrigação das leis dos movimentos.

Por vezes acontece
ver-se um homem, sem querer, com os lábios apertados
e uma lâmina baça e agreste, que endurece
a luz dos olhos em bisel cortados.
Parece então que o coração estremece.
Mas não.
Sabe-se, e muito bem, com fundamento prático,
que esse vento que sopra e que ateia os incêndios,
é coisa do simpático.
Vem tudo nos compêndios.

Então, meninos!
Vamos à lição!
Em quantas partes se divide o coração?

Vocabulário: baça: feminino de baço (órgão situado no hipocôndrio esquerdo);
pálido: sem brilho

século XX

António José Forte

Nasceu em Póvoa de Santa Iria, em 1931, e faleceu em Lisboa, em 1988. Considerado um dos melhores poetas contemporâneos portugueses, foi encarregado das bibliotecas itinerantes da Fundação Calouste Gulbenkian. Entre outros, é autor do livro de poesia infantojuvenil *Uma Rosa na Tromba de um Elefante*.

O Ilusionista

Era um grande ilusionista

engolia três rosas pequeninas
e em seguida tirava da boca
um quilómetro de serpentinas

uma noite
chegou ao meio do circo
e disse: respeitável público
de meninas e meninos
hoje quero fazer-vos uma surpresa
Atenção!

mastigou as tais três rosas pequeninas
muito bem mastigadas
abriu a boca e em vez de serpentinas
saíram três pombas encarnadas

uma foi para o Brasil
a outra voou para a China
a terceira mais pequena
não saiu de Portugal

e o ilusionista?

deitou a língua de fora
e foi-se embora

mais nada?

o respeitável público
de meninas e meninos
deu uma grande gargalhada

fim desta história encantada.

António José Forte
século xx

O Rapaz do Trapézio Voador

O rapaz do trapézio voador
chegou à cidade numa tarde de grande calor
entrou num café pediu um licor

pediu outro e outro ainda
ao todo sete licores
cada um da sua cor
cada qual da cor mais linda

ao sétimo licor
sentiu uma dor
teve um sorriso amarelo
que ninguém aplaudiu
deu três voltas e caiu.

século XX-XXI

António Torrado

Nasceu em Lisboa, em 1939. É poeta, dramaturgo, ficcionista e autor de obras de pedagogia. É um excelente contador de histórias. Foi jornalista, editor, professor, produtor-chefe do departamento de programas infantis da RTP – Rádio e Televisão de Portugal. Tem publicado inúmeros livros, sobretudo para crianças, e é um dos autores que melhor conhece o imaginário infantil. Em 1988, recebeu o Grande Prémio Calouste Gulbenkian de Literatura para Crianças.

António Torrado
século XX-XXI

Lindo monstro

Não sou assim tão feio, disse o monstro,
a ver-se ao espelho.
Dos olhos, o do meio, ora azul, ora vermelho
e pestanudo,
dá-me um ar singular,
tal como a tromba a badalar
e o pontiagudo dente
que não sei disfarçar
de tão evidente, saliente
ao sorrir e ao falar
e que, por ser maior, coisa pouca,
me alarga demais o canto da boca.

Mas há pior, mais feios,
feios, de uma fealdade louca
cheios de verrugas
que nem tartarugas.
Monstros a valer.

Feios, feios, feios
que mais não podem ser.

Feio, eu? Cabeçudo? Façanhudo? Orelhudo?
Ora. Paleio.
O que eu tenho é um mau parecer.

Vocabulário: paleio: conversa

Dona Vanda

Dona Vanda
Vitorino
de Verdasca
Vale Velez
deu um berro
Vasconceeeelos!
que se ouviu
em Carcavelos.

Veio a vila
toda vê-la.
Só não veio
o Vasconcelos
que não estava
em Carcavelos.

Eugénio de Andrade

Eugénio de Andrade nasceu em 1923, em Póvoa da Atalaia, no Fundão, e foi registrado com o nome de José Fontinhas. Viveu em Castelo Branco, Lisboa, Coimbra, onde terminou o ensino secundário, e em Porto, onde viveu muitos anos e veio a falecer em 2005. Em Porto, foi criada uma fundação com o seu nome. É considerado um dos maiores poetas portugueses contemporâneos e recebeu diversos prêmios literários. Suas obras, entre elas, *As Palavras Interditadas*, *Véspera da Água*, *Escrita da Terra*, *Ofício de Paciência*, *O Sal da Língua* e *Os Lugares do Lume*, foram traduzidas para cerca de vinte idiomas.

O Inverno

Velho, velho, velho.
Chegou o Inverno.

Vem de sobretudo,
vem de cachecol,
o chão onde passa
parece um lençol.

Esqueceu as luvas
perto do fogão:
quando as procurou,
roubara-as um cão.

Com medo do frio,
encosta-se a nós:
dai-lhe café quente
senão perde a voz.

Velho, velho, velho.
Chegou o Inverno.

Eugénio de Andrade
século XX-XXI

Frutos

Pêssegos, peras, laranjas,
morangos, cerejas, figos,
maçãs, melão, melancia,
ó música de meus sentidos,
pura delícia da língua;
deixai-me agora falar
do fruto que me fascina,
pelo sabor, pela cor,
pelo aroma das sílabas:
tangerina, tangerina.

século XX

Fernanda de Castro

Nasceu em Lisboa, em 1900, e faleceu em 1994. Fundou a Associação Nacional dos Parques Infantis, escreveu poesia, peças de teatro, ficção e o roteiro do filme *Rapsódia Portuguesa*. Foi colaboradora do *Diário de Notícias* e do *Diário de Lisboa*.

Fernanda de Castro
século XX

O meu Primeiro Exame de Menina

«... Lisboa, Santarém, Porto, Leiria...»
(eu sabia de cor toda a corografia).
O Senhor Inspector
deu-me a nota mais alta em geografia
e disse gravemente
– «Continua. Hás-de ser gente...»

«Ângulo recto, agudo,
cateto, hipotenusa...»
(Já manchara de giz a minha blusa
mas respondia a tudo
e a professora sorria
enquanto eu papagueava a geometria).

«... D. Sancho, o Povoador...
... D. Dinis, o Lavrador...
(Tinha então boa memória,
sabia as datas da História...)
1580
1640
1143
em Arcos de Valdevez...
(Muito bem, sim senhor!
A pequena é simpática!)

E depois, em voz alta, o Senhor Inspector:
– «Vamos lá à gramática».
«... e, nem, não só, mas também...
conjunções copulativas».

(Eu pensava na alegria
que ia dar a minha mãe,
nas frases admirativas
da velha dona Maria,
a minha primeira mestra:
– «Tão novinha e ficou «bem»!...»
E esta suavíssima orquestra
acompanhava em surdina
o meu primeiro exame de menina
aplicada, orgulhosa e inteligente...)

– «Vá ao quadro, menina! Docilmente
fiz os problemas, dividi fracções,
disse as regras das quatro operações
e finalmente
O Senhor Inspector felicitou-me,
quis saber o meu nome
e declarou-me
que ficara distinta sem favor.

Ah, que esplendor!
Que alegria total e sem mistura,
que orgulho, que vaidade!
Olhei de frente o Sol e a claridade
não me cegou, julguei-a quase escura...
As estrelas, fitei-as como iguais.
Melhor: como rivais...
E a Humanidade
pareceu-me um rebanho sem vontade,
uma vasta colónia de formigas...
(As minhas pobres, tímidas amigas!)
Pouco depois, em casa,
 a testa em fogo, o olhar em brasa,
gritei num desatino
à terra, ao céu, ao mar, ao rio:
– «Ó Mãe, eu já sei tudo!»

No seu olhar tranquilo de veludo,
no seu olhar profundo,
que era todo o meu mundo,
passou uma ironia tão velada,
uma ironia
tão funda, tão calada,
que ainda hoje murmuro cada dia:
– «Ó Mãe, eu não sei nada...!»

44. séculoxx

Fernando Pessoa

Nasceu em Lisboa, em 1888, e faleceu em 1935. É considerado o maior poeta português do século XX. Em 1914, cria os heterônimos, personagens diferentes de si, sob o nome dos quais escreve em estilos diversos a maior parte dos seus poemas. Os heterônimos mais conhecidos são: Alberto Caeiro, Álvaro de Campos e Ricardo Reis. Escreveu trinta e cinco sonetos em língua inglesa. Em 1934, publica *Mensagem*, uma de suas obras mais conhecidas. Em prosa, destaca-se o *Livro do Desassossego*.

O mostrengo

O mostrengo que está no fim do mar,
Na noite de breu ergueu-se a voar;
À roda da nau voou três vezes,
Voou três vezes a chiar,
E disse, «Quem é que ousou entrar
Nas minhas cavernas que não desvendo,
Meus tectos negros do fim do mundo?»
E o homem do leme disse, tremendo,
«El-Rei D. João Segundo!»

«De quem são as velas onde me roço?
De quem as quilhas que vejo e ouço?»
Disse o mostrengo, e rodou três vezes,
Três vezes rodou imundo e grosso,
«Quem vem poder o que só eu posso,
Que moro onde nunca ninguém me visse
E escorro os medos do mar sem fundo?»
E o homem do leme tremeu, e disse,
«El-Rei D. João Segundo!»

Três vezes do leme as mãos ergueu,
Três vezes ao leme as reprendeu,
E disse no fim de tremer três vezes,
«Aqui ao leme sou mais do que eu:
Sou um povo que quer o mar que é teu;
E mais que o mostrengo, que me a alma teme
E roda nas trevas do fim do mundo,
Manda a vontade, que me ata ao leme,
De El-Rei D. João Segundo!»

Vocabulário: tectos: tetos

Fernando Pessoa
século XX

No Comboio Descendente

No comboio descendente
Vinha tudo à gargalhada,
Uns por verem rir os outros
E os outros sem ser por nada
No comboio descendente
De Queluz à Cruz Quebrada…

No comboio descendente
Vinham todos à janela,
Uns calados para os outros
E os outros a dar-lhes trela
No comboio descendente
De Cruz Quebrada a Palmela…

No comboio descendente
Mas que grande reinação!
Uns dormindo, outros com sono,
E os outros nem sim nem não
No comboio descendente
De Palmela a Portimão…

47

Poema

Levava um jarrinho
para ir buscar vinho.
Levava um tostão
para comprar pão
e levava uma fita
para ir bonita.

Correu atrás
De mim um rapaz:
Foi o jarro para o chão.
Perdi o tostão,
rasgou-se-me a fita…
Vejam que desdita!

Se eu não levasse um jarrinho
nem fosse buscar vinho
nem trouxesse a fita
para ir bonita
nem corresse atrás
de mim um rapaz
para ver o que eu fazia
nada disto acontecia.

Vocabulário: desdita: infelicidade

Fernando Pessoa
século XX

Poema

Havia um menino
que tinha um chapéu
p'ra pôr na cabeça
por causa do Sol:
Em vez de um gatinho
tinha um caracol
tinha um caracol
dentro do chapéu.
Fazia-lhe cócegas
no alto da cabeça,
por isso ele andava
depressa, depressa,
p'ra ver se chegava
a casa e tirava
o chapéu, saindo
de lá e caindo
o tal caracol
Mas era, afinal,
impossível tal,
nem fazia mal
nem vê-lo, nem tê-lo,
porque o caracol
era de cabelo!

século XX

José Carlos Ary dos Santos

Nasceu em 1937 e morreu em 1984, na cidade de Lisboa. Poeta empenhado nas lutas sociais de seu tempo, foi autor de belas canções, como *Meninas*, *Desfolhada*, *Tourada*, *Portugal Ressuscitado*, *Estrela da Tarde* ou *Os Putos*. Ary dos Santos também escreveu belos livros de poemas, como *Liturgia do Sangue*, *Tempo da Lenda das Amendoeiras*, entre outros.

José Carlos Ary dos Santos
século XX

Aprender a Estudar

Estudar não é só ler livros
que há nas escolas
É também aprender a ser livre
sem ideias tolas.
Ler um livro é muito importante
às vezes urgente.
Mas os livros não são o bastante
para a gente ser gente.
É preciso aprender a escrever
mas também a viver
mas também a sonhar.
É preciso aprender a crescer
aprender a estudar.

Estudar também é repartir
também é saber dar.

in Tempo da Lenda das Amendoeiras

Era uma vez um país
na ponta do fim do mundo
onde o mar não tinha eco
onde o céu não tinha fundo.
Onde longe longe longe
mais longe que a ventania
mais longe que a flor da sombra
ou a flor da maresia
em sete lagos de pedra
sete castelos de nuvens
em sete cristais de gelo
uma princesa vivia.

Era uma vez um país
na ponta do fim do mundo
onde o mar não tinha eco
onde o céu não tinha fundo.
Onde longe longe longe
mais longe que a luz do dia
com sua coroa de abetos
e seus anéis de silêncio
suas sandálias de tempo
seu tear de nostalgia
uma princesa tecia
o seu tapete de espanto
no fio da fantasia
do seu casulo de encanto.
...

(A PRINCESA)
Em sete cristais de gelo
nesse país eu vivia

52.

século XX-XXI

José Jorge Letria

Nasceu em Cascais, em 1951. Poeta e escritor, foi também jornalista e cantor. Escreveu várias dezenas de livros, principalmente para crianças e jovens. Escreve também para televisão e teatro. Recebeu vários prêmios literários e tem sido bastante reconhecido pela crítica.

Os Ferrinhos

Passam a vida
a tilintar
como amigos
que não se podem
separar.
São os ferrinhos
bem juntinhos
a tocar.

Sem eles
nunca a festa
se consegue animar.
Parecem campainhas
de sonho
a tocar, os ferrinhos
da alegria
a tilintar.
Na banda ou na charanga
só se zanga
quem não os vê
chegar
alegres e juntinhos
a tocar.

Vocabulário: charanga: fanfarra

José Jorge Letria
século XX-XXI

Os Livros

Apetece chamar-lhes irmãos,
tê-los ao colo,
afagá-los com as mãos,
abri-los de par em par,
ver o Pinóquio a rir
e o D. Quixote a sonhar,
e a Alice do outro lado
do espelho a inventar
um mundo de assombros
que dá gosto visitar.
Apetece chamar-lhes irmãos
e deixar brilhar os olhos
nas páginas das suas mãos.

Vocabulário: apetecer: desejar, agradar

século XX-XXI

Luísa Ducla Soares

Nasceu em Lisboa, em 1939. É licenciada em Filologia Germânica. Dedicada, especialmente, à literatura infantojuvenil, publicou mais de cinquenta obras nesta categoria. Recebeu o Prémio Calouste Gulbenkian para o melhor livro do biénio 1984-85 com *6 Histórias de Encantar* e foi agraciada com o Grande Prémio Calouste Gulbenkian, pelo conjunto da sua obra, em 1996.

Abecedário Maluco de Nomes

Luísa Ducla Soares
século XX-XXI

A é o António,
que faz coisas do demónio.
B é o Bernardo,
picou o rabo num cardo.
C é a Catarina,
a fugir duma vacina.
D é a Diana,
com o sapato se abana.
E é a Elisa,
sai à rua sem camisa.
F é o Filipe,
para faltar diz que tem gripe.
G é a Gabriela,
que se julga muito bela.
H é o Hugo,
mais gordo que um texugo.
I é a Isabel,
tem mais borbulhas que pele.
J é o João,
a beber do garrafão.
L é a Leonor,
namora o computador.
M é o Mário,
guarda os livros no aquário.
N é a Natália,
quando chove usa sandália.
O é a Olívia,
lava as unhas com lixívia.
P é a Paulina,
põe creme de margarina.
Q é o Quim,
nas aulas come pudim.
R é o Ricardo,
morde como um leopardo.
S é a Susana,
a cavalo numa cana.
T é o Tómas,
só de mentir é capaz.
U é o Urbino,
come as cascas do pepino.
V é a Vanda,
caiu na jaula do panda.
X é a Xana,
tropeçou numa banana.
Z é o Zeca,
plantou relva na careca.

O Castelo de Areia

Fiz um castelo de areia
Mesmo à beirinha do mar
À espera que uma sereia
Ali quisesse morar.

Ó mar,
Ó mar...
Mas foi só um caranguejo
Que ali me foi visitar.

Ó mar,
Ó mar...
Mas foi só uma gaivota
Que ali me foi visitar.

Ó mar,
Ó mar...
Mas foi uma verde onda
Que ali me foi visitar.

E levou o meu castelo,
O meu castelo de areia
Para no mar morar nele
A minha linda sereia.

Manuel Freire

Cantor e compositor, nasceu em Vagos, em 1942. Tornou-se conhecido depois de ter musicado e interpretado aquele que foi o seu maior êxito, *A Pedra Filosofal*, poema de António Gedeão. Atuou em vários países, gravou vários discos e compôs a música do filme *Pedro o Só*. Embora não tenha se distinguido como poeta, os versos que escreveu dedicados aos emigrantes, no poema *Eles*, são bastante representativos de uma realidade que marcou Portugal, principalmente nas décadas de 60 e 70 do século XX, e que hoje volta a estar em evidência. Como tal, parecem-nos muito dignos do conhecimento dos mais jovens.

Eles

Ei-los que partem novos e velhos
Buscar a sorte noutras paragens
Noutras aragens, entre outros povos,
Ei-los que partem velhos e novos.

Ei-los que partem, olhos molhados,
Coração triste, a saca às costas.
Esperança em riste, sonhos dourados
Ei-los que partem, olhos molhados.

Virão um dia, ricos ou não
Contando histórias de lá de longe
Onde o suor se fez em pão
Virão um dia, ricos ou não.

Virão um dia, ou não.

60.

século XX-XXI

Maria Alberta Menéres

Nasceu em Vila Nova de Gaia, em 1930. Licenciada em Ciências histórico-filosóficas, dirigiu o Departamento de Programas Infantis e Juvenis da RTP. Paralelamente a sua atividade poética, desenvolve um importante trabalho pedagógico no âmbito da educação literária infantil e publica vários livros para crianças e jovens, incluindo poesia, contos, peças de teatro, novelas e adaptação de clássicos. A sua obra para a infância, que conta no total com mais de setenta títulos, é caracterizada pelo humor e pela poesia. Está representada em várias antologias nacionais e estrangeiras de poesia portuguesa. Em 1986, recebeu o Grande Prêmio Calouste Gulbenkian de Literatura para Crianças.

O Prato da Menina

A menina tinha um prato
e dentro do prato um pato
de penas cinzentas lisas
e no fundo desse prato
havia um prato pintado
e dentro do prato um pato
com uma menina ao lado.
E essa menina de tinta
tinha um prato mais pequeno
e dentro do prato um pato
de penas cinzentas lisas
e no fundo desse prato
estava outra menina ao lado
de um outro pato de penas
cada vez mais pequeninas.
Se a menina não comia
não via o fundo do prato
que tinha lá dentro um pato
de penas cinzentas lisas,
nem via a outra menina
que era bem mais pequenina
e tinha na frente um prato
que tinha lá dentro um pato
um pato muito bonito
de penas cinzentas lisas
tão pequenas tão pequenas
que até parecia impossível
como a menina ainda via
e imaginava o desenho
até ao próprio infinito.

Maria Alberta Menéres
século XX-XXI

girassol

Girassol! Girassol!
Põe as pestanas ao sol!

O girassol parece um olho aberto
amarelo a olhar para tudo.

Passa uma perdiz e diz:
Girassol! Girassol!
Põe as pestanas ao sol!

Passa a tarde e anoitece.
Girassol! Girassol!
Fecha as pestanas ao sol!

E o girassol adormece.

século XX-XXI

Mariana Aguilar

Nasceu em Cuba (Baixo Alentejo), em 1931. Fez o curso do Magistério Primário em Évora e o curso de Ciências Pedagógicas na Faculdade de Letras de Coimbra. Lecionou no Alentejo, em escolas de Cuba e Moura. Concorreu a Jogos Florais de poesia, conto e texto dramático, em que obteve alguns prêmios. Um desses prêmios foi a publicação pela editora Edinter de um livro, para crianças e adolescentes, intitulado *Mariana na Fronteira do Sonho*.

Perfume da Infância

Mariana Aguilar
século XX-XXI

Os bichos, os brinquedos,
os perfumes, os medos,
os lugares da infância,
os vizinhos, os pais,
são quadros à distância
que não se esquecem mais.

O baú no sobrado,
brincar no balancé,
um «papão» no telhado,
conversa à chaminé…

A voz de minha mãe,
copos a tilintar
e logo atrás me vem
o cheiro do jantar,
a mesa da cozinha,
os bagos da romã,
uvas pretas da vinha,
perfume de maçã.

O fogo da lareira,
madeiro no Natal,
os figos da figueira,
o poço do quintal,

o testo, a pá, o tarro,
infusas no poial,
os púcaros de barro,
o potinho da cal.

O gato pachorrento,
as tontas das galinhas,
o tanque de cimento,
os ninhos de andorinhas.

A coberta de linho
a revestir a mala,
a cómoda de pinho,
o relógio da sala.

Serões à luz da lua,
os contos, adivinhas,
os barulhos da rua,
conversas de vizinhas.

Cada cena da vida da criança que fomos
é riqueza investida no adulto que somos…

Vocabulário: testo: tampo de barro, vaso de barro

Viagem de Ida e Volta

A menina Lagartixa,
toda verde e espevitada,
meteu-se na longa bicha
de carros numa autoestrada…

Já estava farta da terra,
buscava grandes cidades,
farta de ervas e de campos,
queria outras novidades…

Comprou um apartamento
num centésimo andar,
donde só via cimento,
chaminés a fumegar…

Era fumo e era pó,
era tudo escuridão…
Ficou rouca, ficou muda
com tanta poluição!

Para ver o movimento,
foi para a rua passear…
Perdeu-se no pavimento,
sem saber onde virar…

Eram gritos e apitos,
tanto choque e empurrão!
Ficou tonta, ficou zonza
com tamanha confusão!

A menina Lagartixa,
toda verde e espevitada,
meteu-se outra vez na bicha
de carros numa autoestada.

Quis voltar para a sua terra,
deixar, enfim, as cidades,
para ver bichos, ver Sol
de quem já tinha saudades…

Vocabulário: bicha: fila

século XX-XXI

Matilde Rosa Araújo

Nasceu em Lisboa, em 1921. Estudou na Faculdade de Letras de Lisboa, concluindo o curso de Filologia Românica em 1945. Colaborou em diversos jornais e revistas, escrevendo geralmente sobre a arte da educação e do ensino. Além de ter estudado a literatura infantil, escreve contos e livros de poesia, a fim de transmitir aos jovens as suas ideias educativas e moralizadoras, através de palavras delicadas, em textos que também distraem e divertem. Do conjunto da sua obra, podemos destacar *O Livro da Tila*, *A Guitarra da Boneca* e *As Fadas Verdes*. Em 1980, recebeu o Grande Prêmio Calouste Gulbenkian de Literatura para Crianças.

mise

Eu fui ao cabeleireiro
E pedi:
– Faça-me uma mise por favor.
E o cabeleireiro respondeu:
– Com certeza, Mademoiselle!
Passadas duas horas,
Muita água quente, champô frio, tesouras, pentes,
ganchos e calor.
O cabeleireiro, ao fim, deu-me um espelhinho oval
Para as mãos
E disse:
– Tenha a bondade de olhar, Mademoiselle.
E eu tive a bondade: olhei o espelhinho oval:
– Boa tarde, Senhora Dona!
Donde é que eu a conheço?
E o cabeleireiro, então, pôs muito fixador:
Pf... Pf... Pf... Pf... Pf...
E eu cresci muito naquele dia.

Matilde Rosa Araújo
século XX-XXI

loas à Chuva e ao Vento

Chuva, porque cais?
Vento, aonde vais?
Pingue… Pingue… Pingue…
Vu… Vu…Vu…

Chuva, porque cais?
Vento, aonde vais?
Pingue… Pingue… Pingue…
Vu… Vu…Vu…

Ó vento que vais,
Vai devagarinho.
Ó chuva que cais,
Mas cai de mansinho.
Pingue… Pingue…
Vu… Vu…

Muito de mansinho
Em meu coração.
Já não tenho lenha,
Nem tenho carvão…
Pingue… Pingue…
Vu… Vu…

Que canto tão frio,
Que canto tão terno,
O canto da água,
O canto do Inverno…
Pingue…

Que triste lamento,
Embora tão terno,
O canto do vento
O canto do Inverno…
Vu…

E os pássaros cantam
E as nuvens levantam!

O Chapéuzinho

A menina comprou um chapéu
E pô-lo devagarzinho:
Nele nasceram papoilas,
Dois pássaros fizeram ninho.

Chapéu de palha de trigo
Que a foice um dia cortou,
Na cabeça da menina,
O trigo ressuscitou.

Depois tirou o chapéu,
Tirou-o devagarzinho,
Não vão murchar as papoilas,
Não se vá espantar o ninho.

E, chapéuzinho na mão,
De cabeça levantada,
A menina olhou o Sol,
Como a dizer-lhe: obrigada!

Matilde Rosa Araújo
século XX-XXI

Cavalinho, Cavalinho

Cavalinho, cavalinho,
Que baloiça e nunca tomba:
Ao montar meu cavalinho
Voo mais alto que uma pomba!

Cavalinho, cavalinho,
De madeira mal pintada:
Ao montar meu cavalinho
As nuvens são minha estrada!

Cavalinho, cavalinho,
Que o meu pai me ofereceu:
Ao montar meu cavalinho
Toco as estrelas do céu!

Cavalinho, cavalinho,
Já chegam meus pés ao chão:
Ao montar meu cavalinho
Que triste meu coração!…

Cavalinho, cavalinho,
Passou tempo sem medida:
Tu continuaste baixinho
E eu tornei-me tão crescida!

Cavalinho, cavalinho,
Porque não cresces comigo?
Que tristeza, cavalinho,
Que saudades, meu Amigo!

século xx

Miguel Torga

Nasceu em Trás-os-Montes, em 1907, e faleceu em Coimbra, em 1995. O seu verdadeiro nome era Adolfo Correia da Rocha. Médico de profissão, dedicou-se à literatura e adotou o pseudônimo Miguel Torga. Deixou uma vasta obra nos domínios da poesia, ficção narrativa (contos) e peças de teatro. *Contos da Montanha*, *Bichos* e *Mar* são suas obras mais conhecidas. Em 1989, foi-lhe atribuído o Prêmio Camões.

Miguel Torga
século XX

Segredo

Sei um ninho.
E o ninho tem um ovo.
E o ovo, redondinho,
Tem lá dentro um passarinho
Novo.

Mas escusam de me atentar:
Nem o tiro, nem o ensino.
Quero ser um bom menino
E guardar
Este segredo comigo.
E ter depois um amigo
Que faça o pino
A voar...

Brinquedo

Foi um sonho que eu tive:
Era uma grande estrela de papel,
Um cordel
E um menino de bibe.

O menino tinha lançado a estrela
Com ar de quem semeia uma ilusão;
E a estrela ia subindo, azul e amarela,
Presa pelo cordel à sua mão.

Mas tão alto subiu
Que deixou de ser estrela de papel.
E o menino, ao vê-la assim, sorriu
E cortou-lhe o cordel.

Vocabulário: **bibe:** espécie de avental para crianças

século xx

Sebastião da Gama

Nasceu em Azeitão, em 1924, e faleceu em 1952. Formado em Filologia Românica, dedicou-se ao ensino e, sobre a sua experiência como professor, escreveu o célebre *Diário*. Colaborou em publicações literárias e, em vida, publicou algumas obras como *Serra Mãe*, *Cabo da Boa Esperança* e *Campo Aberto*. Por ter falecido ainda jovem, muitos dos seus poemas e textos em prosa foram publicados após a sua morte, como é o caso da obra *Diário*.

Conto em Verso da Princesa Roubada

Não sei outra história
senão a que sei:
Os ladrões levaram
a filha do Rei.

– Sela o teu cavalo,
que hoje há montaria.
– Roubaram-me a filha,
não tenho alegria.

A ricos e pobres
faz El-Rei saber:
– Casará com ela
o que ma trouxer.

– Mas se for um monstro
feio e cabeludo?
Mas se for um cego?
Mas se for um mudo?

– Ao melhor serviço
cabe a melhor paga:
Será o meu genro
quem quer que ma traga.

Oh que lindo moço
deu com a donzela!
Como vem contente
pelo braço dela!

Nunca o Paço viu
par tão delicado:
Rosa de jardim
com seu cravo ao lado.

Que feliz o Rei,
que já tem a filha,
que já tem um genro
que é uma maravilha!

Como lhe sorri,
lhe agradece tudo!…

– Mas se fosse um monstro?
Mas se fosse um mudo?

75.

Sebastião da Gama
século XX

O Guarda-chuva

Ó meu cogumelo preto,
minha bengala vestida,
minha espada sem bainha
com que aos mouros arremeto.

Chapéu-de-chuva, meu Anjo
que da chuva me defendes,
meu aonde pôr as mãos
quando não sei onde pô-las.

Meu Cogumelo preto

Ó minha umbela – palavra
tão cheia de sugestões,
tão musical, tão aberta!

Meu pára-raios de Poetas,
minha bandeira de Paz,
minha musa de varetas!

poetas

séculos
XIX - XX
Afonso Lopes Vieira
António Correia de Oliveira
Augusto Gil
Guerra Junqueiro

XIX
Almeida Garrett
João de Deus

XVIII - XIX
Bocage
Marquesa de Alorna
Nicolau Tolentino

séculos XVIII-XX

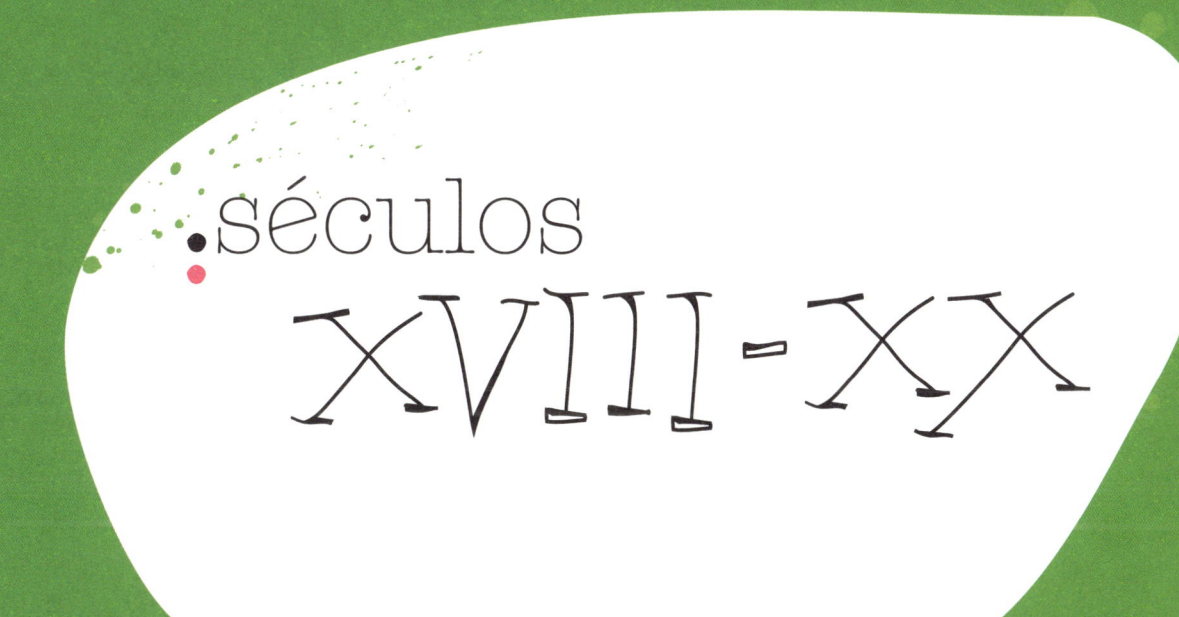

80.

século XIX - XX

Afonso Lopes Vieira

Nasceu em Leiria, em 1878, e faleceu em Lisboa, em 1946. Formou-se em Direito na Universidade de Coimbra. Dedicou especial atenção à literatura infantil, tendo escrito para crianças algumas obras de reconhecido valor didático e poético. Em seu palácio de Lisboa organizou diversos espetáculos para crianças do bairro, compondo para o teatro de fantoches um *Autozinho da Barca do Inferno*, inspirado em Gil Vicente. *Os Versos, Onde a Terra Acaba e o Mar Começa, Auto da Sebenta* (teatro) e a *Paixão de Pedro e o Cru* estão entre suas principais obras.

Canção da Rola Linda

O canto da rola rola
Rola com saudade tanta…
– Ó rola, que cantas tu?
E a rola responde e canta:
– Trru-trru… trru… trru…
Trru-trru… trru… trru…

O canto da rola geme,
Parece o vento passando…
– Ó rola, que cantas tu?
E a rola diz-nos cantando:
– Trru-trru… trru… trru…
Trru-trru… trru… trru…

Ó meiga e linda rolinha,
Ó meu amor, canta mais…
– Ó rola, que cantas tu?
E a rola responde, aos ais:
– Trru-trru… trru… trru…
Trru-trru… trru… trru…

Afonso Lopes Vieira
século XIX - XX

Os Burros

Cuidadosos,
os burrinhos
vão andando
por caminhos.

Levam sacos,
levam lenha…
pesa a carga
que é tamanha!

Levam coisas
p´ra o mercado
no alforge
tão pesado.

E transportam
tudo, tudo,
no seu passo
tão miúdo.

Tão miúdo,
tão esperto,
que anda tanto
por ser certo.

Do seu dono
que seria
sem o burro?
que faria?

E esse dono,
quando é mau,
dá-lhe, dá-lhe
com um pau!

E o burrinho
sofre então…
tem nos olhos
o perdão!

século XIX - XX

Terra das laranjeiras, da voz do rouxinol, das águas fugidias

António Correia de Oliveira

Nasceu em São Pedro do Sul, em 1879, e faleceu em Esposende, em 1960. Foi redator do *Diário Ilustrado*. A sua poesia, traduzida em vários idiomas, fez escola e agrada a distintas camadas de público, graças à sua raiz popular e ao seu lirismo. Algumas das suas principais obras são: *Romarias*, *Os Teus Sonetos*, *Cartas em Verso* e *História Pequenina do Portugal Gigante*.

Ó Pátria, és minha mãe

António Correia de Oliveira
século XIX - XX

Ó Terra Portuguesa,
Cheia de sol e cheia de tristeza…
Terra de laranjeiras,
Da voz do rouxinol,
Das águas fugidias,
Das ervinhas humildes e rasteiras,
Das árvores altivas – as primeiras
A adorarem o Sol,
Erguido sobre o altar das serranias!…
Terra de rosas, terra de beleza,
Ó Pátria Portuguesa,
Que és tu para mim?
Como direi? Qual a palavra ardente,
Redonda e luminosa como a estrela,
Para dizer com ela
Quanto a minha alma sente?…
Eu sinto, eu posso, eu sei dizê-lo bem:
Terra de rosas, terra de beleza,
Ó Pátria, és minha mãe!

século XIX - XX

Augusto Gil

Nasceu em Lordelo do Ouro, no Porto, em 1873, e faleceu em Lisboa, em 1929. Frequentou a Universidade de Coimbra e formou-se em Direito. A poesia de Augusto Gil está marcada pela influência de Guerra Junqueiro e de João de Deus. Nela se reconhecem sentimentos de raízes religiosa e afetiva, assim como certa visão daquilo que a vida tem de ridículo. Escreveu, entre outras, as obras: *Versos*, *O Canto da Cigarra*, *Luar de Janeiro* e *Gente de Palmo e Meio*.

Augusto Gil
século XIX - XX

Balada da Neve

Batem leve, levemente,
como quem chama por mim...
Será chuva? Será gente?
Gente não é, certamente
e a chuva não bate assim...

É talvez a ventania;
mas há pouco, há poucochinho,
nem uma agulha bulia
na quieta melancolia
dos pinheiros do caminho...

Quem bate, assim, levemente,
com tão estranha leveza,
que mal se ouve, mal se sente?
Não é chuva, nem é gente,
nem é vento, com certeza.

Fui ver. A neve caía
do azul cinzento do céu,
branca e leve, branca e fria...
Há quanto tempo a não via!
E que saudade, Deus meu!

Olho-a através da vidraça.
Pôs tudo da cor do linho.
Passa gente e, quando passa,
os passos imprime e traça
na brancura do caminho...

Fico olhando esses sinais
da pobre gente que avança,
e noto, por entre os mais,
os traços miniaturais
de uns pézitos de criança...

E descalcinhos, doridos...
a neve deixa inda vê-los,
primeiro, bem definidos,
– depois, em sulcos compridos,
porque não podia erguê-los!...

Que quem já é pecador
sofra tormentos... enfim!
Mas as crianças, Senhor,
porque lhes dais tanta dor?!...
Porque padecem assim?!

E uma infinita tristeza,
uma funda turbação
entra em mim, fica em mim presa.
Cai neve na natureza...
– e cai no meu coração.

Augusto Gil
século XIX - XX

O natal

Este Natal de Jesus
Há dois séculos que o fez,
Com barro mole, um oleiro...
Verdade não a traduz;
Mas, por ser tão português,
– É para nós verdadeiro...

No grande átrio, todo em ruínas,
Dum palácio pombalino,
Em cuja frente se vê
O nobre escudo das quinas,
Estão, a um canto, o Menino
E a Senhora e São José.

São José tem na cabeça
Um largo chapéu braguês
Derrubado para os olhos;
E a Virgem Maria, essa,
Tem chinelinhas nos pés
E veste saia de folhos...

O Menino está deitado,
Entre as radiações dum halo,
Num loiro feixe de palha;
E uma vaquinha, ao seu lado,
Acerca-se a bafejá-lo
E mornamente o agasalha.

Para o filhinho tão lindo,
Numa expressão em que luz
O seu enlevo de mãe,
A Senhora está sorrindo...
Na boquinha de Jesus
Paira um sorriso também...

Com as mãos no coração,
Com o olhar cristalino
Em que há lágrimas e sóis,
São José, cheio de unção,
Fita a Mãe, mira o Menino,
– E sorri-se para os dois...

Um anjo de asas nevadas,
De formas finas e puras,
Este dístico descerra
Das suas mãos delicadas:

Glória a Deus nas alturas
E paz aos homens na terra!

Vêm pela estrada fora,
Três monarcas em três bravos,
Infatigáveis corceis.
É que está chegada a hora
Dos mais humildes escravos
Se equipararem aos reis…

Num duo desconcertante,
Dois cegos vão a tanger,
Nos violões, com gesto lento.
É que chegou o instante
Da pobreza merecer
O prémio do sofrimento…

Um coxo de pés cambados
Atira as muletas fora
E a correr, mal pisa o chão.
É que está chegada a hora
Dos tristes, dos desgraçados
– Sentirem consolação…

Toca adufe uma pastora
Para mais outras bailarem
Entre ovelhas e lebreus.
É que está chegada a hora
De aquelas que muito amarem
Serem dilectas de Deus…

Um petiz faz palhaçadas
Com elástico vigor,
Alegria irreprimida,
E, pelas calças rachadas
Ao longo do sim-senhor,
Vê-se-lhe a fralda saída…

É que estão próximas já,
É que já estão vizinhas
As tardinhas comoventes
Em que às turbas pregará
O amigo das criancinhas
Dos corações inocentes…

Vocabulário: **tanger:** tocar; **cambados:** trocados; **sim-senhor:** rabo

90.

século XIX - XX

tu és a mais rara de todas as rosas

Guerra Junqueiro

Abílio Guerra Junqueiro nasceu em Freixo de Espada à Cinta, em 1850, e faleceu em 1923. Bacharel em Direito pela Universidade de Coimbra, escreveu várias obras, sendo as mais conhecidas *Contos para a Infância, A Velhice do Padre Eterno, Os Simples, Pátria* e *Oração ao Pão*.

morena

Não negues, confessa
Que tens certa pena
Que as mais raparigas
Te chamem morena.

Pois eu não gostava,
Parece-me a mim,
De ver o teu rosto
Da cor do jasmim.

Eu não… mas enfim
É fraca a razão,
Pois pouco te importa
Que eu goste ou que não.

Mas olha as violetas
Que, sendo umas pretas,
O cheiro que têm!
Vê lá que seria,
Se Deus as fizesse
Morenas também!

Tu és a mais rara
De todas as rosas;
E as coisas mais raras
São mais preciosas.

Há rosas dobradas
E há-as singelas;
Mas são todas elas
Azuis, amarelas,
De cor de açucenas,
De muita outra cor;
Mas rosas morenas,
Só tu, linda flor.

E olha que foram
Morenas e bem
As moças mais lindas
De Jerusalém.
E a Virgem Maria
Não sei… mas seria
Morena também.

Moreno era Cristo.
Vê lá depois disto
Se ainda tens pena
Que as mais raparigas
Te chamem morena!

século XIX

Almeida Garrett

João Baptista de Almeida Garrett nasceu no Porto, em 1799, e faleceu em 1854. Licenciado em Direito, foi um poeta da época romântica. Depois da Revolução de Setembro de 1836 – reinado de D. Maria II –, teve grande influência na reforma do Teatro. Como poeta, deixou-nos as obras *Camões*, *Dona Branca*, *Folhas Caídas*, entre outras. Como dramaturgo, escreveu o *Auto de Gil Vicente*, *Alfageme de Santarém*, *Frei Luís de Sousa*, *Filipa de Vilhena* e *Falar Verdade a Mentir*. Como romancista, destaca-se a célebre obra *Viagens na Minha Terra*.

Barca Bela

93.

Almeida Garrett
século XIX

Barca Bela

Pescador da barca bela,
Onde vás pescar com ela.
　　Que é tão bela,
　　Ó pescador?

Não vês que a última estrela
No céu nublado se vela?
　　Colhe a vela,
　　Ó pescador!

Deita o lanço com cautela,
Que a sereia canta bela…
　　Mas cautela,
　　Ó pescador!

Não se enrede a rede nela,
Que perdido é remo e vela,
　　Só de vê-la,
　　Ó pescador.

Pescador da barca bela,
Inda é tempo, foge dela,
　　Foge dela
　　Ó pescador!

Bela Infanta

Estava a bela Infanta
No seu jardim assentada
Com o pente d'oiro fino
Seus cabelos penteava.
Deitou os olhos ao mar
Viu vir uma nobre armada;
Capitão que nela vinha,
Muito bem que a governava.
– «Dize-me, ó capitão
Dessa tua nobre armada,
Se encontraste meu marido
Na terra que Deus pisava.»
– «Anda tanto cavaleiro
Naquela terra sagrada…
Dize-me tu, ó senhora,
  As senhas que ele levava.»
– «Levava cavalo branco,
Selim de prata doirada;
Na ponta da sua lança,
A cruz de Cristo levava.»
– «Pelos sinais que me deste
Lá o vi numa estacada
Morrer morte de valente:
Eu sua morte vingava.»
– «Ai triste de mim, viúva,
Ai triste de mim, coitada!
De três filhinhas que tenho,
Sem nenhuma ser casada!…»
– «Que darias tu, senhora,
A quem no trouxera aqui?»
– «Dera-lhe oiro e prata fina,
Quanta riqueza há por hi.»
– «Não quero oiro nem prata,
Não nos quero para mi:
Que darias mais, senhora,
A quem no trouxera aqui?»
– «De três moinhos que tenho,
Todos três tos dera a ti;
Um mói o cravo e a canela,
Outro mói do gerzeli:
Rica farinha que fazem!
Tomara-os el-rei p'ra si.»
– «Os teus moinhos não quero,
Não nos quero para mi:

Vocabulário: senhas: sinais; **estacada:** obra de defesa militar feita com estacas; **no trouxera:** o trouxera; **por hi:** por aqui; **nos quero:** os quero; **mi:** mim; **gerzeli:** gergelim

Que darias mais, senhora,
A quem tu trouxera aqui?»
– «As telhas do meu telhado
Que são de oiro e marfim.»
– «As telhas do teu telhado
Não nas quero para mi:
Que darias mais, senhora,
A quem no trouxera aqui?»
– «De três filhas que eu tenho,
Todas três te dera a ti:
Uma para te calçar,
Outra para te vestir,
A mais formosa de todas
Para contigo dormir.»
– «As tuas filhas, infanta,
Não são damas para mi:
Dá-me outra coisa, senhora,
Se queres que o traga aqui.»
– «Não tenho mais que te dar,
Nem tu mais que me pedir.»
– «Tudo, não, senhora minha,
Que inda te não deste a ti.»
– «Cavaleiro que tal pede,
Que tão vilão é de si,
Por meus vilões arrastado
O farei andar aí
Ao rabo do meu cavalo,
À volta do meu jardim.
Vassalos, os meus vassalos,
Acudi-me agora aqui!»
– «Este anel de sete pedras
Que eu contigo reparti…
Que é dela a outra metade?
Pois a minha, vê-la aí!»
– «Tantos anos que chorei,
Tantos sustos que tremi!…
Deus te perdoe, marido,
Que me ias matando aqui.»

século XIX

João de Deus

Natural do Algarve, nasceu em Bartolomeu de Messines, em 1830, e faleceu em 1896.
Foi um poeta lírico, simples, natural e encantador. Formou-se em Direito pela Universidade de Coimbra.
As suas poesias estão reunidas na obra *Campo de Flores*. Foi autor do célebre método de leitura
e escrita *A Cartilha Maternal*. Um ano antes de falecer, foi-lhe feita, pelos estudantes,
uma grande homenagem.

João de Deus
século XIX

Beijo

Beijo na face,
Pede-se e dá-se:
    Dá?
Que custa um beijo?
Não tenha pejo:
    Vá!

Um beijo é culpa,
Que se desculpa:
    Dá?
A borboleta
Beija a violeta:
    Vá!

Um beijo é graça,
Que a mais não passa:
    Dá?
Teme que a tente?
É inocente…
    Vá!

Guardo segredo,
Não tenha medo…
    Vê?
Dê-me um beijinho,
Dê de mansinho,
    Dê!

Como ele é doce!
Como ele trouxe,
    Flor,
Paz a meu seio!
Saciar-me veio,
    Amor!

Saciar-me? louco…
Um é tão pouco,
    Flor!
Deixa, concede
Que eu mate a sede,
    Amor!
…

Vocabulário: pejo: vergonha

Dia de Anos

Com que então caiu na asneira
De fazer na quinta feira
Vinte e seis anos! Que tolo!
Ainda se os desfizesse…
Mas fazê-los não parece
De quem tem muito miolo!

Não sei quem foi que disse
Que fez a mesma tolice
Aqui o ano passado…
Agora o que vem, aposto,
Como lhe tomou o gosto,
Que faz o mesmo? Coitado!

Não faça tal: porque os anos
Que nos trazem? Desenganos
Que fazem a gente velho:
Faça outra coisa: que em suma
Não fazer coisa nenhuma,
Também lhe não aconselho.

Mas anos, não caia n'essa!
Olhe que a gente começa
Às vezes por brincadeira,
Mas depois se se habitua,
Já não tem vontade sua,
E fá-los queira ou não queira!

100.

século XVIII - XIX

Bocage

Manuel Maria Barbosa du Bocage nasceu em 1765 e faleceu em 1805, em Lisboa. Desde muito cedo, revelou tendência para improvisar e escrever poesia. Frequentou o célebre café Nicola, onde deixava toda a gente admirada com os versos que improvisava. Foi perseguido e insultado devido ao seu comportamento irreverente e à inveja que causava em alguns poetas da época. Tal como Camões, viajou pelo mundo e teve uma vida boêmia, apaixonada e infeliz. Escreveu vários gêneros literários, mas distinguiu-se nos sonetos. Foi considerado o maior poeta português do século XVIII.

A Raposa e as Uvas

Contam que certa raposa,
Andando muito esfaimada,
Viu roxos, maduros cachos
Pendentes de alta latada.

De bom grado os trincaria;
Mas, sem lhes poder chegar,
Disse: «Estão verdes, não prestam,
Só cães os podem tragar.»

Eis cai uma parra, quando
Prosseguia seu caminho;
E crendo que era algum bago
Volta depressa o focinho.

Fonte: Fábula de La Fontaine
traduzida por Bocage

Vocabulário: latada: grade para sustentar parreiras ou plantas; **trincar:** comer, mastigar; **tragar:** engolir, tolerar

Bocage
século XVIII - XIX

Epigrama

Levando um velho avarento
Uma pedrada num olho,
Pôs-se-lhe no mesmo instante
Tamanho como um repolho.

Certo doutor, não das dúzias,
Mas sim médico perfeito,
Dez moedas lhe pedia
Para o livrar do defeito.

«Dez moedas? (diz o avaro)
Meu sangue não desperdiço:
Dez moedas por um olho?
O outro dou eu por isso.»

A Cigarra e a Formiga

Tendo a cigarra em cantigas
folgado todo o Verão,
Achou-se em penúria extrema
Na tormentosa estação.

Não lhe restando migalha
Que trincasse, a tagarela
Foi valer-se da formiga,
Que morava perto dela.

Rogou-lhe, que lhe emprestasse,
Pois tinha riqueza, e brio,
Algum grão, com que manter-se
Té voltar o aceso Estio.

«Amiga (diz a cigarra),
Prometo, à fé de animal,
Pagar-vos antes de Agosto
Os juros, e o principal.»

A formiga nunca empresta,
Nunca dá, por isso ajunta:
«No Verão em que lidavas?»
À pedinte ela pergunta.

Responde a outra: «Eu cantava
Noite e dia, a toda a hora.»
«Oh, bravo! (torna a formiga)
Cantavas? Pois dança agora.»

Fonte: Fábula de La Fontaine
traduzida por Bocage

104.

século XVIII - XIX

Marquesa de Alorna

Dona Leonor de Almeida nasceu em Lisboa, em 1750, e faleceu em 1839. Viveu em Viena e em Londres, onde teve contato com as literaturas alemã e inglesa. Por influência destas, foi uma das fundadoras do movimento romântico em Portugal. As suas obras estão publicadas em seis volumes, sob o título de *Obras Poéticas*.

Cantigas

A um pirilampo

Encantador pirilampo,
Adorno da noite em Maio,
Vem luzir neste meu canto,
Dá-me desses teus um raio!

Tu das estações incertas
Nada temes, nada provas;
Dá-te vida a Primavera
E o bafo das flores novas.

Não morres, mas adormeces
Enquanto os ventos irados
Açoitam as altas faias,
Dessecam os verdes prados.

Ah! se, como tu, pudesse
Dormir, quando as tempestades
Dos desastres alvoroçam
No meu peito mil saudades!...

Não queria viver mais
Que o tempo que tu existes.
De que servem tantos dias,
Quando são todos tão tristes?

A um mocho

Triste pássaro, que tens?...
Esse tom dos teus gemidos
Não é tom que desconheçam
Os corações afligidos.
...

Vocabulário: **mocho**: ave noturna de rapina

Marquesa de Alorna
século XVIII - XIX

O leão e a Raposa

– «Meu senhor, (disse a raposa,
Falando um dia ao leão),
Eu não sou mexeriqueira,
Mas calar-me é sem-razão.

Sabe que mais? anda um burro
Aqui por toda a cidade,
A dizer mil insolências
Contra vossa Majestade.

Ele diz que não percebe
Como lhe acham talentos,
Em que consiste a grandeza
Desses seus merecimentos.

Diz que o seu valor é força,
E que é pouca habilidade
Quando vence facilmente
Ostentar heroicidade.»

Calou-se um pouco o leão,
E depois, sorrindo, disse:
– «Que importa o que diz um asno?
Enfadar-se é parvoice.»

Vocabulário: **sem-razão**: injustiça, afronta; **parvoice**: tolice

108.

século XVIII - XIX

Nicolau Tolentino

Nasceu em 1741 e faleceu em 1811, em Lisboa. Frequentou a Universidade de Coimbra e foi professor. Entre muitos poemas, escreveu 105 sonetos e foi um dos poetas satíricos mais importantes de sua época, mostrando em sua poesia o que de mais ridículo havia naquele tempo. As suas obras mais importantes são: *O Brilhar*, *Passeio* e *Guerra*.

À moda dos Chapéus maiores de marca

Amigo e senhor meu, de França ou Malta
Um chapéu mande vir a toda a pressa;
A copa que me ajuste na cabeça;
Mas as abas na forma a mais peralta.

A de trás, que me fique muito alta,
A presilha e botão pequena peça:
Estimarei que disto não se esqueça;
Que a demora me faz bastante falta.

Gostei muito do invento, é bem traçado,
Porque vi no Loreto um certo dia
Muito povo a correr para o Chiado,

Para ver um senhor, quem tal diria!
C'um chapéu de tal forma demarcado
Que nem a gente a pé passar podia.

Vocabulário: **peralta**: afetada, elegante

Nicolau Tolentino
século XVIII - XIX

O Colchão Dentro do Toucado

Chaves na mão, melena desgrenhada,
Batendo o pé na casa, a mãe ordena,
Que o furtado colchão, fofo, e de pena,
A filha o ponha ali, ou a criada.

A filha, moça esbelta, e aperaltada,
Lhe diz co'a doce voz, que o ar serena:
«Sumiu-se-lhe um colchão, é forte pena;
Olhe não fique a casa arruinada!...»

«Tu respondes assim? Tu zombas disto?
Tu cuidas que por ter pai embarcado
Já a mãe não tem mãos?» E dizendo isto,

Arremete-lhe à cara e ao penteado.
Eis senão quando (Caso nunca visto!),
Sai-lhe o colchão de dentro do toucado!

Vocabulário: melena: cabelo comprido, **toucado:** conjunto de adornos que as mulheres usam na cabeça

III.

poetas

séculos
XVII
D. Francisco Manuel de Melo

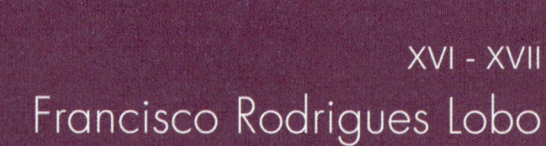

XVI - XVII
Francisco Rodrigues Lobo

XVI
Luís de Camões

XV - XVI
Gil Vicente

XIII - XIV
D. Dinis

séculos XIII-XVII

114.

século XVII

D. Francisco Manuel de Melo

Francisco Manuel de Melo nasceu em 1608 e faleceu em 1666, em Lisboa. Foi o mais célebre escritor português do século XVII. Estudou num colégio jesuíta e teve uma vida muito atribulada. Frequentou a corte de Madri, entre 1633 e 1637, desempenhou várias missões fora de Portugal, como Paris, Roma e Londres. Deixou uma vasta obra em prosa: *Carta de Guia de Casados*, *Cartas Familiares*, entre outras. Em verso, destaca-se *O Fidalgo Aprendiz*.

Carta V

...
Diz que as lebres, como gente,
um dia conselho houveram,
por não viver tristemente,
e afogar-se de repente
todas juntas resolveram.

Duas rãs, como soíam,
junto ao charco eram pastando,
adonde as lebres corriam;
e de medo do que ouviam,
vão-se no charco lançando.

Uma lebre mais ladina,
que isto viu, teve-se quedo,
e gritou pela campina:
Tende mão, gente mofina,
que inda há rãs que vos tem medo!
...

Vocabulário: soíam: costumavam; **ladina:** astuta; **mofina:** torbulenta, infeliz; **que vos tem medo:** que tem medo de você, que vos têm medo

século XVI - XVII

Francisco Rodrigues Lobo

Nasceu em Leiria, por volta de 1580. Faleceu afogado no rio Tejo, perto de Lisboa, por volta de 1622. Estudou na Universidade de Coimbra. Foi o poeta lírico mais notável da sua época e um dos mais célebres prosadores. Dentre as muitas das suas obras, destacam-se, em prosa, *Pastor Peregrino* e *Corte na Aldeia* e, em poesia, *Éclogas*.

Adeus a Coimbra

Adeus águas cristalinas,
Adeus fermosos outeiros,
Faias, choupos e salgueiros,
Lírios, flores e boninas.

Adeus fermosa lembrança,
Com quem meus males vivia,
Adeus vales de alegria,
Adeus montes de esperança.

Adeus fermoso Penedo
De quem com tantas verdades
Fiei minhas saudades,
Que me pagastes tão cedo.

Adeus prado, adeus pastores,
Vassalos deste amor cego,
Adeus águas do Mondego,
Adeus Fonte dos Amores.

Aparto-me desta aldeia,
Vou-me fugindo à ventura,
Que nem a minha é segura,
Nem esta parece alheia.

Pode ser que canse a sorte
De andar em tanta mudança,
E se a sorte nunca cansa,
Quiçá que descanse a morte.

Vou-me como a rez perdida
Nos matos da terra estranha,
Té que os lobos da montanha
Venham a tirar-me a vida.

Mas é já tão desigual
O mal de meu coração,
Que os animais sem razão
Sabem fugir de meu mal.
…

Vocabulário: fermosa: formosa; **quiçá:** talvez, quem sabe; **aparto-me:** afasto-me, separo-me

118.

Francisco Rodrigues Lobo
século
XVI - XVII

Écloga I

Dizem que já noutra idade
Falaram os animais,
E eu creio que por sinais
Inda hoje falam verdade.

Ouvi contar como então
Se fez valente e temido
Um vil jumento, escondido
Nos despojos de um leão.

Enquanto de longe o viam
Os outros, fugiam dele:
Eram milagres da pele
Do rei, a que eles temiam.

Quis falar, buscou seus danos,
Que os outros, com raiva crua,
Fazem pagar pela sua
Da outra pele os enganos.

Quantos há, na nossa aldeia,
Leões e lobos fingidos,
Que houveram de andar despidos,
Se não fora a pele alheia!

Vocabulário: **écloga:** diálogo pastoril em verso

século XVI

Luís de Camões

Luís Vaz de Camões era seu nome completo. Presume-se que tenha nascido em Lisboa, em 1524, e vivido em Coimbra, onde teria frequentado o Colégio das Artes. Combateu os mouros em Ceuta, a serviço do rei de Portugal, e perdeu o olho direito. Esteve em Macau e Goa. Naufragou na viagem para Goa, mas conseguiu salvar-se e resgatar o célebre manuscrito do poema épico Os Lusíadas. Nessa obra, Camões conta em verso a história do povo português, desde a invasão da Península Ibérica até o reinado de D. Sebastião. Foi também poeta lírico e escreveu sonetos, canções, redondilhas, além de algumas comédias. Faleceu em Lisboa em 10 de junho de 1580. É considerado por muitos o maior poeta português de todos os tempos.

Cantiga

a este mote alheio:

Verdes são os campos
de côr do limão:
assi são os olhos
do meu coração.

Campo, que te estendes
com verdura bela;
ovelhas, que nela
vosso pasto tendes;
d'ervas vos mantendes
que traz o Verão,
e eu das lembranças
do meu coração.

Gado, que pasceis,
co contentamento,
vosso mantimento
não no entendeis:
isso que comeis
não são ervas, não:
são graças dos olhos
do meu coração.

Vocabulário: assi: assim; **pasceis:** pasteis; **co:** com o; **no entendeis:** o entendeis

Luís de Camões
século XVI

Cantiga

a este mote seu:

Pus meus olhos nũa funda,
e fiz um tiro com ela
às grades de ũa janela.

　Ũa Dama, de malvada,
tomou seus olhos na mão
e tirou-me ũa pedrada
com eles ao coração.
Armei minha funda então,
e pus meus olhos nela:
trape! quebro-lh'a janela.

Vocabulário: nũa: numa; **funda:** laçada de couro ou corda para arremessar pedras; **ũa:** uma; **trape:** som de golpe ou pancada

s na mão e tirou-me ũa pedrada com elas ao sala ao coração

123.

Luís de Camões
século XVI

Soneto

Sete anos de pastor Jacob servia
Labão, pai de Raquel, serrana bela;
mas não servia ao pai, servia a ela,
e a ela só por prémio pretendia.

Os dias, na esperança de um só dia,
passava, contentando-se com vê-la;
porém o pai, usando de cautela,
em lugar de Raquel lhe dava Lia.

Vendo o triste pastor que com enganos
lhe fora assi negada a sua pastora,
como se a não tivera merecida;

começa de servir outros sete anos,
dizendo: – Mais servira, se não fora
para tão longo amor tão curta a vida.

Vocabulário: assi: assim

Cantiga

a este mote:

Descalça vai para a fonte
Leonor pela verdura;
vai fermosa e não segura.

Leva na cabeça o pote,
O testo nas mãos de prata,
cinta de fina escarlata,
saínho de chamalote;
traz a vasquinha de cote,
mais branca que a neve pura;
vai fermosa e não segura.

Descobre a touca a garganta,
cabelos de ouro o trançado,
fita de cor de encarnado,
tão linda que o mundo espanta;
chove nela graça tanta
que dá graça à fermosura;
vai fermosa e não segura.

Vocabulário: fermosura/fermosa: formosura/formosa; **testo:** tampa para vasilhas; **escarlata:** pano encarnado; **vasquinha:** saia com muitas pregas na cintura; **de cote:** de uso diário; **chamalote:** tecido de pelo ou lã de camelo

Gil Vicente

As datas de seu nascimento e morte não são conhecidas ao certo, mas presume-se que tenha nascido em 1465 e falecido em torno de 1537. Depois de Camões, foi o escritor português mais importante do século XVI. Fundou o Teatro de Portugal e escreveu autos, comédias, farsas e tragicomédias, que eram representadas para a corte. Sua primeira peça, *O Auto da Visitação* ou *O Monólogo do Vaqueiro*, foi escrita em castelhano e dedicada ao nascimento de uma criança que viria a ser o rei D. João III. Dentre suas obras mais conhecidas estão: *Auto de Mofina Mendes*, *Auto da Alma*, *Auto da Barca do Inferno*, *Auto da Feira*, *A Tragicomédia D. Duardos* e as farsas *Quem tem farelos?* e *Inês Pereira*.

Nota explicativa: Mofina Mendes deixou perder ou morrer o gado de Paio Vaz, seu amo, que lhe pede contas dele. Este acaba por despedi-la do seu ofício de pastora, pagando-lhe com um pote de azeite.

Auto de Mofina Mendes

Paio Vaz
Onde deixas a boiada
e as vacas, Mofina Mendes?

Mofina Mendes
Mas, que cuidado vós tendes
de me pagar a soldada
que há tanto que me retendes?

Paio Vaz
Mofina, dá-me conta tu
onde fica o gado meu.

Mofina Mendes
A boiada não vi eu,
andam lá não sei per u,
nem sei que pascigo é o seu.

Nem as cabras não nas vi,
samicas c'os arvoredos;
mas não sei a quem ouvi
que andavam elas per i,
saltando pelos penedos.

Paio Vaz
Dá-me conta rês e rês,
pois pedes todo teu frete.

Mofina Mendes
Das vacas morreram sete,
e dos bois morreram três.

Paio Vaz
Que conta de negregura!
Que tais andam os meus porcos?

Mofina Mendes
Dos porcos, os mais são mortos
de magreira e má ventura.

Paio Vaz
E as minhas trinta vitelas
das vacas que te entregaram?

Mofina Mendes
Creio que i ficaram delas,
porque os lobos dizimaram,
e deu olho mau por elas,
que mui poucas escaparam.

Paio Vaz
Dize-me, e dos cabritinhos
que recado me dás tu?

Mofina Mendes
Eram tenros e gordinhos,
e a zorra tinha filhinhos,
e levou-os um e um.

Paio Vaz
Essa zorra, essa malina,
se lhe correras trigosa,
não fizera essa chacina,
porque mais corre a Mofina
vinte vezes que a raposa.

Vocabulário: auto: composição dramática originária da Idade Média com personagens alegóricos

Gil Vicente
século XV - XVI

Vocabulário: per u: por onde; **pascigo:** pasto; **per i:** por aí; **frete:** ordenado; **zorra:** raposa; **negregura:** desgraça; **malina:** astuta, maliciosa; **trigosa:** apressada; **soldada:** ordenada; **reganhar:** morrer arreganhando os dentes; **engafecer:** adoecer com gafa; **peitar:** pagar; **pegureira:** pastora; **brial:** vestido, túnica; **escarlata:** tecido rico, de cor vermelha; **olho mau:** mau-olhado; **concertado:** ajustado; **ataviada:** enfeitada; **dita:** sorte, fortuna.

Mofina Mendes
Meu amo, já tenho dada
a conta do vosso gado,
muito bem, com bom recado;
pagai-me minha soldada,
como temos concertado.

Paio Vaz
Os carneiros que ficaram,
e as cabras que se fizeram?

Mofina Mendes
As ovelhas reganharam,
as cabras engafeceram,
os carneiros se afogaram,
e os rafeiros morreram.
...

Paio Vaz
Pois Deus quer que pague e peite
a tão daninha pegureira,
em pago desta canseira
toma este pote de azeite
e vai-o vender à feira...
...

Mofina Mendes
Vou-me à feira de Trancoso,
logo, nome de Jesu,
e farei dinheiro grosso.

Do que este azeite render,
comprarei ovos de pata,
que é a coisa mais barata
que eu de lá posso trazer;
e estes ovos chocarão:
cada ovo dará um pato,
e cada pato um tostão,
que passará de um milhão
e meio, a vender barato.

Casarei rica e honrada
por estes ovos de pata,
e o dia que for casada
sairei ataviada
com um brial de escarlata,
e diante o desposado,
que me estará namorando,
virei de dentro bailando
assi dest'arte bailado,
esta cantiga cantando.

Estas coisas diz Mofina Mendes
com o pote de azeite à cabeça e,
andando enlevada no bailo,
cai-lhe, e diz

Paio Vaz
Agora posso eu dizer,
e jurar e apostar,
que és Mofina Mendes toda!

Pessival
E se ela bailava na voda
que está inda por sonhar,
e os patos por nascer
e o azeite por vender
e o noivo por achar
e a Mofina a bailar,
que menos podia ser?

Vai-se Mofina Mendes, cantando

Mofina Mendes
Por mais que a dita me enjeite,
pastores, não me deis guerra,
que todo o humano deleite,
como o meu pote de azeite,
há-de dar consigo em terra!

século XIII - XIV

D. Dinis

Rei de Portugal, nasceu em 1261 e faleceu em 1325. Seu pai, D. Afonso III, preocupou-se muito com a instrução e facultou-lhe os mestres mais famosos do seu tempo: Domingos Jardo e Américo d'Ebrard. D. Dinis teve a iniciativa de fundar a primeira universidade em Lisboa. Escreveu poesia trovadoresca: Cantigas de Amor, Cantigas de Amigo e Cantigas de Maldizer. Casou com Dona Isabel de Aragão, conhecida por ter feito o Milagre das Rosas e a quem o povo chamava *Rainha Santa*.

Vocabulário: **Se sabedes novas do meu amigo?**: sabeis novas de meu amigo?; **e u é**: onde está ele?; **aquel que mentiu do que pôs comigo/m' à jurado**: aquele que faltou ao que me prometeu?; **San'**: São; **Viv'**: vivo; **e Será vosc' ant' o prazo saido/passado**: estará convosco dentro do prazo combinado.

Cantiga de Amigo

—Ai flores, ai flores do verde pino,
se sabedes novas do meu amigo?
 Ai, Deus, e u é?

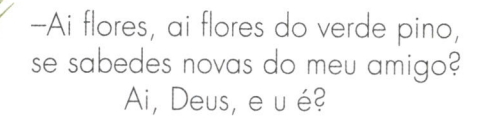

Ai flores, ai flores do verde ramo,
se sabedes novas do meu amado?
 Ai, Deus, e u é?

Se sabedes novas do meu amigo,
aquel que mentiu do que pôs comigo?
 Ai, Deus, e u é?

Se sabedes novas do meu amado,
aquel que mentiu do que m' á jurado?
 Ai, Deus, e u é?

—Vós me preguntades polo voss' amigo?
E eu ben vos digo que é san' e vivo.
 Ai, Deus, e u é?

Vós preguntades polo voss' amado?
E eu ben vos digo que é viv' e sano.
 Ai, Deus, e u é?

E eu ben vos digo que é san' e vivo,
e será vosc' ant' o prazo saido.
 Ai, Deus, e u é?

E eu ben vos digo que é viv' e sano,
e será vosc' ant' o prazo passado.
 Ai, Deus, e u é?

1ª edição Agosto de 2011 | **Diagramação** Luargraf
Fonte Futura | **Papel** Offset 180 gr | **Impressão e acabamento** Corprint